20610

OBSERVATIONS CRITIQUES SUR LE TEMPLE DU GOUST.

M. DCC. XXXIII,

Par Jean Du Castre d'Auvigny, d'après Rollin

OBSERVATIONS
CRITIQUES
SUR LE TEMPLE
DU GOUST.

SI les Petits Maîtres * *font l'efpece la plus ridicule qui rampe avec orgueil fur la furface de la terre*, que cette efpece eft infupportable, lorfque, loin de ramper, elle veut monter fur le Parnaffe, y dominer, & donner des loix fur le Goût ! Le Parnaffe, il eft vrai, eft un pays, où d'ordinaire la modeftie regne moins que la préfomption ; c'eft l'empire de la liberté. Malgré cela, les Petits Maîtres y font une très-mauvaife figure, & y font encore plus méprifés que par tout ailleurs.

Le Grand Maitre de l'Ordre des Petits-Maîtres - Beaux - Efprits vient de nous donner un Ouvrage, qui a déplu univerfellement, par le ton décifif & fuffifant qui y regne ; il fume dans fon *Temple du Goût* un encens défagréable à ceux mêmes qu'il a encen-

* *Pref. de Zaïre, p. 2.*

fés. A l'exception du malheureux Rouſſeau, tous les vivans y ſont follement loüés ; mais l'un aux dépens de ſon pere, l'autre aux dépens de ſon oncle, & preſque tous à leurs propres dépens. En même-tems tous les morts (même les plus illuſtres) y ſont injuſtement rabaiſſés.

Il entre par ſurpriſe dans le Temple. A peine y eſt-il entré, qu'il ſe met en fureur, & y abat les ſtatuës de tous les Saints qu'on y révere : tout eſt mutilé, défiguré, & renverſé ; & ce qu'il y a d'étonnant, eſt que ce petit mortel, ſans faire ſemblant de rien, ſe place adroitement lui-même ſur l'Autel, pour s'y faire adorer tout ſeul ; car tel a été ſon but. Expoſons en détail toutes les circonſtances de ſa poëtique équipée.

Un Cardinal reſpectable par ſa haute naiſſance, & par ſes rares talens, & un Abbé illuſtre par ſon nom & par ſon amour extrême pour les Lettres, ſe propoſent de faire un pélerinage au Temple du Goût. Monſieur de Voltaire, qui aime à marcher à côté des Grands, ſe met ſans façon de cette partie ; il ſe flatte qu'à la faveur de ces deux hommes, ſi réverés dans le Temple, il pourra s'y gliſſer : il s'y gliſſe, en effet ; mais avant que la porte ſoit ouverte, il fait plus d'une ſottiſe.

Il donne d'abord l'hiſtoire de l'édifice, en

rimes redoublées : ſes deux illuſtres conducteurs l'écoutent. Le Cardinal prend alors la pa-
role, & lui dit : *Meſſiés - vous des rimes redoublées.* Cet
avis n'eſt-il pas donné bien à propos ? J'avois toûjours crû, que dans tout ouvrage , ſoit en Pro-
ſe , ſoit en Vers, les interlocuteurs étoient cenſés
parler un langage ordinaire : en vérité , il pourra
bien arriver quelque jour , que notre Auteur
faſſe une Tragedie , où un Acteur interrompra
l'autre , pour lui dire : *Meſſiés - vous* des mauvaiſes
rimes, des Vers épico - tragiques, des Epithetes,
des longues Sentences , &c.

L'illuſtre Abbé a appris à notre célébre verſi-
ficateur,

Par quels chemins on doit ſans s'égarer

Chercher ce goût , ce Dieu que dans cet âge

Nos beaux eſprits s'efforcent d'ignorer.

S'efforcer *d'ignorer le bon goût !* On peut s'en éloi-
gner à ſon inſçû ; mais on croit toûjours l'avoir
atteint. Tous les Ecrivains ſe flattent , comme
notre Auteur, d'être dans ſon Temple ; pluſieurs
ſe trompent comme lui : Eſt-ce là s'efforcer
d'ignorer le goût ?
Du carroſſe où il eſt , il apperçoit une foule de
Sçavans ; il remarque ſur tout

Les Daciers, les Saumaises,

Gens hérissés de sçavantes fadaises.

Vous vous imaginés peut-être qu'après ce petit trait, Voltaire saluera au moins ces Sçavans, & continuera sa route ; point du tout : il s'arrête pour faire une réflexion sur Saumaise, *qui est,* (dit ce grand juge des Sciences) *un Pédant reconnu pour tel, & que personne ne lit.* Nous croïons sans peine qu'il ne le lit pas ; mais les Sçavans le lisent, le consultent, & l'estiment. Saumaise passe dans leur esprit pour un sçavant du premier ordre, & pour un homme, dont les Ouvrages sont plus utiles que tous les Poëmes & toutes les Tragedies ; car ceux qui cherchent des réalités & des faits, lisent-ils ces sortes d'Ouvrages ? Ils les regardent comme indignes d'occuper un esprit solide. Tous ces beaux Vers ne sont pour eux que des sons, que des productions d'une oisiveté ignorante, qu'un amusement passager. Un Sçavant dira-t'il pour cela : *On ne lit point les Tragedies modernes.*

Après avoir montré le peu de cas qu'il fait de ces Sçavans, Voltaire veut cependant bien leur demander s'ils ne vont pas dans le Temple du goût.

N'allez-vous pas, dit-il, dans le Temple du Goût

Vous décraſſer?

Ils s'écrient auſſi-tôt:

>   Nous, Meſſieurs, point du tout;

Ce n'eſt point là, *grace au ciel*, notre étude:

Le Goût n'eſt rien, nous avons l'habitude

De rédiger au long de point en point

Ce qu'on penſera, mais nous ne penſons point.

Quel aveu! Eſt-il vrai-ſemblable que l'on parle ſi mal de ſoi? Pourroit-on faire dire à Monſieur de Voltaire, par exemple: » Je fais bien des » Vers, mais mes talens ſe bornent là; je n'ai » point d'invention, point de richeſſe dans le gé- » nie; mes beautés ne ſont que des beautés de » détail, & ſouvent déplacées; je ſçai retourner » avec ſuccès les idées des autres; mais j'en ai » rarement de moi-même; je ne mérite pas toû- » jours de plaire, je ſçai ébloüir, & je me crois » le plus grand Poëte de l'Europe, & le ſeul qui » n'ait point de défaut. Quand Voltaire feroit *cet aveu ingénu*, il eſt ſi fort contre la nature de dire du mal de ſoi, que l'aveu des Sçavans, qu'il fait parler, paſſeroit encore pour ridicule. Un Créſus qu'il rencontre

débite après cela des extravagances de toute espece. Ce Crésus est entouré de faux connois-
seurs, de Peintres, d'Architectes, de Sculpteurs
& de Doreurs. Voltaire débite alors une tirade
de Vers burlesques dans le goût du *Virgile travesti,*
& voici ce qu'il met dans la bouche d'un Maçon.
Vous n'aurés dans votre Palais , dit-il au
Crésus.

> Nul vestibule, encore moins de façade;
>
> Vos murs seront de deux doigts d'épaisseur;
>
> Grands cabinets, sallon sans profondeur.

Un Peintre interrompt ce Vitruve, pour dire une
autre impertinence.

> Je couvrirai plat-fonds, voûtes, voussures
>
> Par cent magots travaillés avec soin,
>
> D'un pouce ou deux pour être vûs de loin.

Ce n'est pas tout , un faux connoisseur succede
à ce Peinte, & conseille au Richard d'acheter un
Tableau.

> C'est Dieu le Pere, en la gloire éternelle;
>
> Peint galament dans le goût du Vatau.

Quel groupe d'extravagances ! Il n'est possible qu'à Voltaire d'être si fecond : lui seul peut faire parler les gens de cette sorte. Il va vous donner une nouvelle scene, & une nouvelle décoration. Il perd de vûë les Sçavans & le Crésus, il entend un Concert, & en fait la description. Il y a long-tems que la France & l'Italie se disputent la gloire de posseder la meilleure Musique, Voltaire concilie ce different en deux mots : il embrasse toutes les connoissances dans son vaste génie, rien ne l'étonne ; écoutez-le. *La nature*, dit-il,

Parle à tous les humains, mais sur des tons divers,

'Ainsi que son esprit tout peuple a son langage,

Ses sons & ses accens à sa voix ajustés, &c.

Sur le ton des François il faut chanter en France.

En un mot, ajoûte-t'il, *Rien n'est si ridicule que de l'Italien chanté à la Françoise, si ce n'est peut-être le François chanté à l'Italienne.* Belle décision ! Sçavez-vous à présent laquelle des deux Musiques est la meilleure ? Car quand ce qu'il dit sur la Musique vocale pourroit faire quelque impression sur moi, la simphonie resteroit pour m'embarasser : la simphonie des François, dit un Italien, n'est propre qu'à la danse ; la nôtre, au contraire, est reçûë dans toute l'Europe ; elle pénétre jusques dans l'Amerique : l'Asie & l'Affrique n'en connoissent point d'autre, tandis que la Françoise n'est goûtée que d'une partie des François. Cet aveu de tant de Nations différentes est un grand préjugé pour la Musique Italienne.

L'Auteur entre dans la Salle du Concert. Quel Concert ! Celui de Ragotin n'en approchoit pas pour le ridicule, tous les Musiciens détonnent, ils glapissent à pleine tête, & cependant leurs aigres fredonnemens font pâmer *une begueule* qui les écoute. Un Petit Maitre y tousse, crache, chevrotte, se mire, se poudre, & bat faux la mesure tout à la fois. Qui a jamais vû des Concerts de cette espece ? N'a-t il pas raison de sortir avec précipitation de ce qu'il appelle ingénieusement *un Sabath*?

Il arrive enfin à la porte du Temple, dans le tems que la Critique repoussoit *d'un bras d'airain* une foule de Petits Maitres, de ceux apparemment qui se sont avisez de siffler *Artemire & Eriphile*. Elle opposoit aussi la roideur de son bras aux efforts d'une troupe de petits satyriques obscurs, *petits insectes dont on ne soubçonne l'existence que par les efforts qu'ils font pour piquer.*

On entend bien de quels insectes l'Auteur veut parler ; c'est sans doute du *petit Auteur étouffé* de la Préface *du Glorieux*, qui depuis quelque tems chausse avec tant de gloire l'Italique Brodequin.

Mais le voilà parmi les ennemis ; il est dans la

mêlée, sa Muse est en fureur; il attaque, il déchire, il met en piece. Quel est celui qu'il va d'abord combattre? c'est le celebre Rousseau, cet homme admiré de toute l'Europe; égal ou superieur à tout ce que la France a de plus estimable, & peut-être le seul bon Poëte lirique, qui ait paru depuis Horace. Ce nom illustre ne l'arrête pas; la jalousie ou la vengeance lui prêtent leur fureur: il represente d'abord le Grand Rousseau, comme l'ennemi du genre humain; il lui donne sans balancer, toutes les pieces satiriques qu'on peut tout au plus soupçonner être de lui: il cherche du poison; il trouve quatre vers & se hâte de les appliquer; ils sont faits, dit-il, contre un *illustre Abbé, le Protecteur des Lettres depuis quarante ans.* Qui le chargeoit d'ôter le voile? Son indiscrette interprétation n'est-elle pas un trait en quelque sorte plus satyrique que l'Epigrámme même? Mais peu content des injures dont il a accablé ce grand Poëte, il le force de dire de lui-même: *Je suis haï de tout le monde, Apollon seul me favorise; mon nom est abhorré dans tous les Pays.* Cet homme si méchant, si noir, si détesté, a cependant trouvé moïen de rester chez les Etrangers qui l'admirent.

Voltaire n'est pas pleinement satisfait, son ennemi est encore debout; il a beau dire: *La Palinodie de Rousseau est méprisée; tous ses derniers Ouvrages ne sont point lûs.* Mais tant d'éditions où l'Auteur n'a aucun interêt, qui se débitent si promptement & sans artifice, dont aucune n'a été souscrite aux dépens du Public dupé, ne témoignent-elles pas, quoiqu'en dise le Critique, que les derniers Ouvrages de ce grand Auteur sont un peu lûs. *Rousseau*, (dit-il dans une Note) *fut condamné au bannissement pour des Couplets infâmes, & pour un Factum.* Quoi, Rousseau a été banni pour un Factum ! Quelle idée ! Que la vengeance est aveugle !

Tout le monde sçait aujourd'hui que l'infortuné Rousseau a été banni principalement & radicalement pour une piece de Vers à lui attribuée, telle que seroit l'*Epître à Uranie*. Le Jugement n'a point été rendu contradictoirement ; & bien des personnes sont persuadées qu'il n'a jamais eu de part aux fameux Couplets, au moins c'est un problême. Après tout, l'Auteur peut-il faire de semblables reproches à son ennemi ? Etre banni par contumace, ou avoir ordre de se retirer en Angleterre, n'est-ce pas à peu près la même chose ? Malgré toute son animosité, Voltaire ne dit rien à Rousseau sur certaine avanture du Palais Roïal : Est-ce retenuë ? est-ce prudence ?

On fait ensuite parler ainsi le Critique à Rousseau :

Je suis juste, & ne fus jamais

Semblable à ce monstre caustique

Qui t'arma de ces lâches traits,

Trempés au poison satyrique;

Dont tu t'enyvres à longs traits.

Ne diroit-on pas que notre Auteur ne s'est pas autrefois un peu familiarisé aussi avec le *monstre caustique*, & que sa plume ne se trempe pas encore de tems en tems dans *le poison de la satyre?* Cette Piece en est une assez bonne preuve.

Enfin, voilà le pauvre Rousseau comparé à la Motte ; l'Auteur lui rend la comparaison qu'il avoit faite de lui à ce Poëte rude & dur : il n'y a rien à dire. Mais il est assez plaisant, de voir ces deux Poëtes se reprocher l'un à l'autre une ressemblance, qui auroit passé il y a vingt ans pour un éloge flatteur ; il semble que ce soit la plus forte injure que deux rimeurs puissent se dire aujourd'hui.

Au reste, si plusieurs Odes que notre Horace François a composées hors du Royaume, sont répréhensibles par quelque endroit, on y doit toûjours admirer la force de l'élévation, & le génie vraiment poëtique. On y retrouve toûjours (comme Corneille dans l'Attila) l'Auteur des Odes sacrées, des Epîtres, des Allégories, des Cantates, des Epigrammes : Ouvrages qui font les délices de toute l'Europe. Ce ne sont point des Vers contrastés par des Antitheses, enflés d'Epithetes, & bien souvent negligés & mal rimés. Il est vrai qu'il ne s'eſt point eſſaïé ſur l'Epopée : eſt-ce pour cela que notre Auteur le mépriſe ? Lucain mépriſoit-il Horace, Catulle & Martial.

Après s'être épuiſé en injures contre Rouſſeau, notre Auteur prend le ton de Panegyriſte ; il met enſemble pêle-mêle Fontenelle, les Comedien-nes, les Jeſuites, les Chanteuſes de l'Opera, M. Rollin & la Sallé. Fontenelle eſt, ſelon lui, un grand Philoſophe, qui occupe une des premieres places dans le Temple du Goût. Pour moi, je crois que c'eſt principalement par ſon dernier Diſcours à l'Academie, qu'il a mérité ce rang ; car ce Diſcours, qui eſt le Panegyrique du Poëte *fort de choſes*, lui a fait un honneur infini.

A l'égard des Jeſuites, c'eſt un éloge purement politique, affecté & déplacé ; on ſçait qu'il en fait très-peu de cas, ainſi que de tous leurs modernes Ecrivains.

Cependant ſes deux conducteurs étoient par-venus juſqu'à l'Autel du Dieu ; il eſt reçû lui-mê-me, ſans conſéquence dans ce ſanctuaire, & il paſſe à la ſuite du Cardinal, dont la faveur lui fut plus utile alors que ne lui auroient pû être tous ſes Ouvrages.

L'Intrûs parcourt avec curioſité tout le Tem-ple : que voit-il ? ou plutôt, que croit-il voir ? Pa-villon caché *dans un coin* avec Madame Deſhoulie-res. (Madame Deſhoulieres dans un coin !) Sé-grais aux derniers rangs, dont on ſiffle les Eglo-

gües si naturelles. Pelisson , dont on traite l'His-
toire de l'Académie comme on pourroit traiter
celle de son pueril & lourd Continuateur. Rabe-
lais, Marot, Balzac, Voiture , Saint Evremond
même , & Baile ne font pas fort honorés dans le
Temple de notre Auteur , qui fait main-basse sur
la plus grande partie de leurs Ouvrages.

Quels sont ces *veritablement grands hommes* qui les
remplacent aujourd'hui ? Que *ces beaux jours de belles
Lettres* me paroissent obscurs & ennuïeux ! Je ne
vois que des nains au milieu des broüillards, Grand
Corneille , divin Racine, incomparable Moliere ,
inimitable la Fontaine , que l'on rend dans le *Temple
du Goût* peu de justice à vos talens ! L'homme aux
Planettes vous éclipse tous , & vous voilà condam-
nés par le moderne Aristarque à corriger vos foi-
bles Ouvrages. En attendant nous lirons les Oeuvres sans défauts du très-parfait Voltaire.

Je finis par une reflexion. Il me paroît singu-
lier que cet Auteur ait la manie d'élever des Temples à tout ce qu'il ne connoît guéres , à l'*Amitié*,
au *Bon Goût* : j'attends de lui des Temples à la Prudence , au Bon Sens , au Désintéressement , au
Courage, &c.

Voilà toutes mes observations ; je pourrois y en
ajoûter plusieurs autres, mais sans me piquer d'être
un esprit fort éclairé , ni fort étendu , je regarde
avec cette *compassion philosophique*, (que l'Auteur donne à M. de Fontenelle pour les Oeuvres de Rous-

feau) les raisonnemens d'un Ecrivain, qui , à la lettre , ne sçait que rimer. Quelle différence de son Temple du Goût au Poëme du Goût de M. ROY.